KB264203

생각비행

처음 구경하는 세상, 그리고 이야기......

생각비행

글★그림 길문섭

무한

뽀글, 뽀글
생각밖의 생각이 머리를 쏙 내밀었다!
생각비행

책을 내면서....

살면서 우리는 많은 사람들과 부딪치게 됩니다. 만나고 헤어지고, 사랑하고 욕하고....
하지만 무엇보다 인간은 사회적 동물이라는 사실입니다.
그래서 우리는 함께 싸우면서도 사랑하고, 칭찬하다가도 욕을 하고 헐뜯기도 합니다.
그러나 함께하는 삶은 그 자체가 아름답습니다.
함께 나누는 삶은 우리는 아주 동떨어진 환상의 영역에서 이루어지는
것이라고 생각하기 쉽습니다.
환상은 언제나 우리의 삶을 흐리게 하고 연기처럼 재빨리 사라지기도 하기 때문이지요.
진정한 나눔의 삶은 사랑으로서 커가는 소나무와 같아서
비바람이 불어도 휘어질뿐 부러지지 않고, 눈이 내려도 힘겨울뿐 결코 얼어 죽지 않습니다.
삶이 고되고 힘겨울수록 나누고 사랑하고 희망을 갖는 것이 중요합니다.
데일 카네기의 말처럼 인생이란 오늘 하루 하루를 쌓아 가는 것을
말하는 것입니다.
하루 하루를 힘들게 살지 않는 이는 없으며,
하루 하루를 즐겁게 살지 않는 이 또한 없다고 합니다.
이 말은 모든 것이 마음 먹기에 따라 하루 하루가 힘들수도 있으며
언제나 즐겁게 사는 것일수도 있다는 말이겠지요.
하지만 언제 어디서건, 희망만 있다면 어떠한 고난이 와도 두려울것이 없을 것입니다.

여기에 모아 놓은 글과 그림들은 그동안 일간신문이나 잡지등에서 연재하였던 좋은 작품들을 모아서 책으로 엮은 것입니다.

저는 대작을 추구하거나 흥행을 추구하는 만화작가라기 보다 우리 이웃들의 따뜻하고 아름다운 이야기들을 만화로 그려 오고 있습니다.

감동과 눈물이 있는 〈휴머니즘 만화〉를 추구하고 있으며 앞으로의 세상도 따뜻하고 희망이 넘치는 그런 세상이 되었으면 합니다.

작은 저의 바램이 모두에게 큰 선물로 꽃피우길 기대해 봅니다.

언제나 느끼는 것이지만 책으로 완성된 것을 보면 부족함에 고개를 숙이곤 합니다.

책이 나올수 있도록 애써주신 출판 관계자와 사랑하는 가족들에게 감사를 드립니다.

만화가 길 문 섭

차 례 C·O·N·T·E·N·T·S

베푼다는것은 세상에서 가장 큰 기쁨을 주는 것이며, 미덕은 마음의 습관이다. 그러나 천성과 절제와 함께 이 세상에서 유일하게 시들지 않는 꽃은 미덕이다.

모든 피조물에게 덕성은 곧 행복이요, 악덕은 곧 불행이다. 덕행은 우리의 나날을 연장시켜 준다. 기쁨을 가지고 자기 과거를 다시 사는 사람은 두 개의 인생을 사는 것과 같다. 사람은 덕이 있으면 평생 외롭지 않다.

- 에디슨 -

50년 후

한 노인이 과수원에 나무를 심고 있었다

그 나무를 심으면 언제쯤 열매를 따먹을 수 있나요?

아마 50년 후에나 가능하겠지요.
당신은 그때까지 살 수 없을텐데요.

물론, 그렇소. 하지만, 내가 태어 났을때 이 과수원에 열매가 풍성 했듯이 나 또한 후손들을 위해 나무를 심는 것이오.

당신이 심은 나무는 누구를 위한 나무입니까?

세상을 살면서 어떤 것을 잃게 되거든 그것을 잃었다고 생각하지 말고 원래 있었던

곳으로 되돌아갔다고 생각하라.

그것들은 신이 허락한 동안에만 잠시 맡아서 가지고 있었던 것뿐이다.

그러므로 그것은 원래 내 것이 아니라 남의 것이다.

마치 길을 가는 나그네가 잠시 여관에 머무는 것과 같이.

- 에픽테토스 -

겉치레

황금만도 못한 주인이 되지 말고, 부디 황금보다 빛나는 주인이 되십시오.

물은 물결이 아니면 언제나 고요하고, 거울은 흐리지 않으면 스스로 밝게 된다.
우리들 마음도 이와 같다. 흐린 물을 버리면 맑음이 저절로 나타날 것이고, 즐거움을
구태여 찾지 않아도 그 괴로움을 버리면 즐거움이 저절로 생기게 마련이다

- 채근담 -

그릇

가소롭구나!
내가 가진 부와 권력이
어느 정도인지 모른단 말이냐?

시칸다 왕은 별거 아니라는 듯 그릇에 물건을 넣었지만 아무리 담아도 그릇의 반정도 밖엔 채워지지 않았다.
이상한 일이네?

무엇으로 만든 그릇이기에 또 채우고 채워도 끝이 없단 말이오?
하하하!

이 그릇은 욕망으로 만든 그릇입니다. 그래서 아무리 가득 부어도 채워지지가 않지요.
사람의 욕망은 소화불량이 없습니다.

실제의 참이란 겉 표면과 본질이 하나로 합쳐지는 것을 말한다. 그러므로 참은 선을 달성하기 위한 하나의 수단이다. 선은 형식과 내용이, 겉과 본질이 하나로 존재한다.

그러나 참은 그 자체가 선이 아니다. 결국 이 세상에는 참다운 것이 없다는 것이 된다. 하지만 끊임없이 하나로 만들어 내기 위해 움직이고 운동을 한다. 그러한 실체가 살아있는 한, 우리는 세상에 대하여 희망을 말할 수 있다.

- 톨스토이 -

당신은 어떤 경우에 거짓말을 하십니까?
탈무드에서는 두가지의 거짓말은 해도 괜찮다고 했습니다.
첫째, 아는 사람이 어떤 물건을 샀다면 그 물건이 나빠도 훌륭하다고 말하라.
잘사셨군요!

둘째, 결혼한 친구의 부인을 보았을때 미인이 아니더라도 미인이라고 말하라 합니다.
오우! 정말 미인이군요.
배려가 담겨진 거짓말은 진실보다 아름다울 수 도 있습니다.

아름다운 여자는 언젠가는 싫증이 나지만 착한 여자는 결코 실증나는 법이 없다.

- 몽테뉴 -

꽃배달

어느 날 부인에게 사랑한다는 쪽지와 함께 꽃배달이 왔다.

꽃배달은 한번으로 끝나지 않고 계속되자 부인이 말했다.
저에게 이 꽃을 보내주는 사람이 누구죠?

당신 남편입니다. 사랑하는 부인에게 죽는 날까지 꽃을 보내달라고 유언하셨습니다.
이 세상에선 그를 볼 수 없지만, 그가 있는 세상에선 당신을 볼 수 도 있습니다.

그는 미국의 저명한 방송진행가 잭 베니였습니다.
여보.... 사랑해요.

사람이 어떻게 죽느냐가 문제가 아니라 어떻게 사느냐가 문제다. 훌륭히 죽을 수 있기 위해 훌륭히 살기를 배우라. 십년만에 죽어도 죽는 것이요, 백 년동안 살고 죽어도 죽음이다.

어진자나 성인도 죽고 살인자와 어리석은 자도 결국 죽는다. 만물이 서로 다른 것은 삶이요, 모두 같은 것은 죽음이다.

그러나 삶은 현명하고 어리석은 것과 귀하고 천한 것이 있으니 이것이 서로 다른 점이요, 죽어서도 썩고 냄새나며 소멸되어 버리니 이것이 같은 점이다.

- G. 크래브 -

노력

미켈란젤로는 〈최후의 심판〉을 8년간에 걸쳐 완성했으며, 레오나르도 다빈치는
〈최후의 만찬〉을 11년간이나 그렸다. 아담클라크는 〈성서주해〉를 쓰기 위해서
40년 이라는 긴 시간을 보냈고 조지만크로프트는 미국의 새로운 역사를
쓰기 위해서 26년을 연구했다.

멀리있는 물은 가까운 불을 끄지 못하고 멀리있는 친척은 가까운 이웃만 못하다. 이웃 사랑하기를 네 몸과 같이하라.

네 이웃에 대하여 거짓으로 대하지 말며, 네 이웃의 집을 탐내지 말라. 진정한 보배는 가까운데 있다.

- 호라더우스 -

농부

농부가 땅에 씨앗을 뿌리는 것은 땅에 대한 신뢰가
있기 때문입니다. 지금은 아무것도 없는 땅이지만 열매를
맺을 것을 믿기에 농부는 오늘도 씨앗을 뿌립니다.

당신도 많은 사람들에게 씨앗을 뿌렸겠지요?
하지만, 훗날 뿌린만큼 거둬들이지 못했을지라도 낙심
하거나 원망하지 마십시오.
씨앗만 뿌린다고해서 저절로 열매가 열리는 것은
아니니까....

자신의 나쁜점만 신경쓰는 사람의 생각을 고쳐 줄 수 있는 사람은 이 세상에 단 한 사람밖에 없다. 바로 자신이다.

또 그것을 고치는 방법은 부끄럽거나 주저하는 마음이 생기면, 무언가 자신의 일을 떠올려 보는 것이다.

다른 사람과 대화할 때는 화제 이외의 일은 일절 염두해 두지말라.

상대방이 이쪽을 어떻게 판단할지 따위에는 결코 마음을 쓰지말라.

자신이 행한 일은 잊고 앞으로의 일만을 생각하라.

- 데일 카네기 -

닭한마리

자초지정을 들은 남자가 말했다.
정말 바보같은 짓을 했군요.

저는 3만원을 분실했는데 그것을 찾아주시는 분에게 사례로 닭 한마리를 드린다고 했지요.
역시...

세상엔 한가지 방법만 있는 것이 아닙니다.
혹시, 막혀있다면 다른 방법을 찾아보세요.

인내력이 적은 사람은 그만큼 인생에 약한 사람이다. 샘물이 굳은 땅을 헤집고 솟아 나오듯이 참고 견디는 힘만이 인생의 광명을 얻는다. 오늘 한가지 어려운 일을 참고 극복하였다면 이제부터는 당신도 강한 힘을 가진 소유자인 셈이다.

- 러 셀 -

젊은이는 밤이 깊어지자 당황하기 시작했다.
흑...

혹시 이대로 죽는것 아냐?
하느님!

기도 때문인지 숲속을 헤매다 불빛을 발견하였다.
불빛이다!

불빛으로 쫓아 내려가보고 놀라지 않을 수 없었다.
앞을 보지 못하는 노인이 등불을 들고 가기 때문이었다.
앞을 못보는데 웬 등불을 들고 다니는지요.

나는 사람들과 부딪칠까봐 들고 다니지요.
내가 앞을 못 본다고 밤에 그냥 다닌다면
다른 사람에게 피해를 줄까봐 그렇습니다.
당신은 누굴 위해서 등불을 준비하세요?

불행의 원인은 언제나 나 자신에게 있다. 몸이 굽으니 그림자도 굽는다.
어찌 구부러진 그림자만을 탓할 것인가. 나 이외에는 나의 불행을
치료해 줄 사람은 아무도 없다. 불행은 내 마음에 있으므로
내 마음만이 그것을 치료할 수 있는 것이다.
언제나 마음을 평화롭게 가지라.
그러면 그대의 표정도 평화로와 질 것이다.

- 파스칼 -

무 소 유

금반지도 챙겨야지..!
저 도자기도 가져가야 해요.

다친사람, 가족을 잃고 통곡하는 사람... 봄베이는 지옥 같았다.

상상도 못할 재난 속에서도 겨우 몇몇이 목숨을 건졌다.
아직도 도시가 불타고 있어요. 흑.... 앗! 저기 누가 와요.

도시를 뒤로한 채 한 남자가 지팡이만 달랑 들고 걸어왔다.
당신은 당황하는 기색이 전혀 없군요.

나는 하나도 당황할 게 없소. 내가 가진 거라고는 이 지팡이가 전부이기 때문이오. 이 시간은 내가 등산을 해야 할 시간이라오.

가진 것이 많은 사람은 근심과 걱정이 많습니다. 가진 것을 지켜야 하기 때문입니다.
그래서... 모자란 것이 넘치는 것보다 행복합니다.

우리가 흔히 소유한다는 것은 당분간 맡아 가지고 있는 것에 불과하다. 이를테면 잠시 빌려 온 것이다. 따라서 그것을 되돌려 준다 한들 불평할 이유가 없다. 운명의 여신은 지금 빌려준 것을 다음에 돌려 달라고 요구할지 모른다.

- 세네카, (행복론) -

무관심

어느날 소년은 간곡하게 부모님에게 말했다.
제발 저에게 관심을 좀 갖지 말아주세요.

그의 소원대로 부모는 소년에게 무관심하기로 했다.
해방이다!

하지만 하루가 지나고 몇달이 지나자 소년은 무관심한 부모가 그렇게 원망스러울수 없었다.
제가 잘못했습니다. 저에게 관심 좀...
잔소리, 칭찬하는 소리, 꾸짖는 소리... 모두가 당신을 사랑하는 소리들 입니다.

재물은 남에게 꾸어온 빚이니 이를 아까워하는 것은 어리석은 일이다. 육신이란 오물로 가득 찬 가죽일 뿐이니 겉모습만 가꾸고 치장하는 것 또한 우스운 일이다.

사람들은 마음 가르침의 감로수를 마다하고 재물에 눈이 팔려 일생을 보내니 이 얼마나 어리석은 일인가!

- 미래라빠, (십만송) -

미완성

서로가 한번씩 양보할때마다 행복도 하나씩 더 채워집니다

좋은 일을 생각하면 좋은 일이 생긴다. 나쁜 일을 생각하면 나쁜일이 생긴다. 인생이란 자신이 생각하는대로 이루어진다.

- 에머슨 -

밑거름

그가 우주의 연구에 몰두한지 30년이 지난 어느날
앗!

그는 우주의 새로운 사실을 발표했습니다.
에… 제 이론은…

그는 단번에 세계적으로 유명한 천문학자가 되었습니다.
연구한 보람이 있군
이론발표

하지만 어느날 그 학자는 자신의 이론이 잘못되었다는 것을 깨닫고 다시 발표했습니다.
저의 이론은 잘못된 것으로…

그럼 평생을 바쳐온 연구가 물거품이 된 것 아닙니까?
아니요. 제가 한평생 연구를 하지 않았다면… 잘못된 것을 어찌 알겠습니까?

세상엔 성공보다 더 위대한 실패도 있습니다

친구는 스스로 선택하는 것이다. 행운과 불행의 인생 속에서도 계속 친구로 남아 있는 사람만이 그대의 진정한 친구다.

- 발타자르 그라시안 -

책

당신이 세계적인 인물이 아닐지라도
세계적인 거장을 만드는 사람은 될 수 있습니다
작은 배려 하나만으로도......

태어난 것은 반드시 죽고 죽은 것은 다시 태어난다. 그러므로 피할 수 없는 죽음을 위해 그대는 슬퍼할 이유가 없다. 만물의 시작은 드러나지 않으며 종말 또한 드러나지 않으니, 모든 사람들이여!
여기에 무슨 슬픔이 있겠는가?

- 바가바드기타 -

또 빠른 비행기로 간다해도 500만년이 걸리고 로켓트를 타고 간다해도 16년이나 걸리는 거리라고 합니다.

인생을 즐겨야 할 때는 지금 현재 뿐이다. 내일이나 내년이나, 더구나 죽은 후 저 세상에 가서 즐길 수 있는 인생이란 없다.

풍부한 내년의 생활을 대비하기 위한 최고의 시간은 즐거운 지금의 생활이다. 풍족한 미래를 만든다는 신념은 풍족한 현재를 이룬다는 신념을 갖지 않는 한, 별 가치가 없다. 오늘이야 말로 항상 우리들의 최상의 날이어야 한다.

- 토마스 드라이어 -

보답

죽은 사람을 찾아가 조의를 표하는 일은
환자의 병문안을 가는 것보다 더 고결한 행위라고 합니다.

환자가 완쾌되면 고맙다는 인사라도 받을 수가 있지만,
죽은 사람에게는 그 어떤 인사도 받을 수 없기 때문입니다.

보답을 의식하지 않는 베풂은
그래서 더 가치있습니다.

사람의 행복과 불행은 그 사람의 재산이나 명성이 결정하는 것이 아니다. 그런 것을 어떻게 받아들이냐가 문제다. 가령 같은 장소에서 똑같은 일을 하고 있는 두사람이 있다고 하자.

두 사람은 비슷한 재산이 있고, 똑같은 명성이 있다고 하자, 그런데도 한사람은 행복하고, 다른 한사람은 불행하다.

왜 그럴까?

그것은 사람의 행복과 불행이 자신의 마음에 달렸다는 증거이기 때문이다.

- 데일 카네기 -

딸아,
부부란 만일 네가 결혼하여 남편을 왕처럼 떠받든다면
그는 너를 왕비처럼 대할 것이다.
하지만 네가 하인처럼 처신한다면
남편은 너를 노예처럼 취급할 것이다.

여러분도
하인과 노예가 아닌
왕과 왕비처럼 살아
가십시오.

선한 행동은 그 자체로서 훌륭한 의미를 가지며, 인간의 삶을 풍요롭게 한다.

- 에릭 프롬 -

불

어느 골초가 한밤중에 담배를 피우려고 했지만 성냥이 없었다.
담배는 있는데 성냥이...

그는 어쩔수 없이 멀리 떨어진 아랫동네 김씨네 집 문을 두드리며 말했다.
미안한데, 성냥좀 빌려주게나...
김씨가 웃으면서 말했다.
자네가 들고있는 등불은 불이 아닌가?
내게 없는 것을 남들은 다 가졌을거라 생각하세요? 나를 둘러보세요. 남이 갖지 못한 것도 내게 있을 수 있습니다.

아침에 도를 알면 저녁에 죽어도 좋다.

- 공 자 -

불쌍한 중생

이것봐 도둑친구!
어서 일어나게 이렇게
있다간 붙잡힌다구!

이번에는 술주정뱅이가
지나가다 말했다
밤새 나처럼 술을
먹었나보군
나랑 해장술이나 하세.

세번째는 성자가 왔다.
그는 누워있는 성자의 행동을
알아차리고 옆에서 지켜주었다.
음...

내 눈을 잣대로 삼지 마십시오.
내 눈에 보이는 것만이 진실은 아닙니다.

자손들에게 돈을 모아서 물려준다면 자손들은 그 돈을 지키지 못할 것이요. 책을 모아 그 책을 물려준들, 자손들은 그 책을 다 읽지 못할 것이다. 그들에게 물려줄 진정한 유산은, 인생을 올바르게 힘차게 살아나갈 수 있는 힘을 키워주는 것이다. 그래야 평생 자식의 벗이 될 수 있는 것이다.

- 시마 염 -

뿌리

이 나무는 아주 귀한건데 꽃도 제대로 피우지못하고 비실비실한 이유가 뭡니까?

뿌리가 약해서 그렇소!

뿌리가 튼튼해야 꽃을 피울 수 있소!
그럼, 어찌해야 합니까?

꽃이 피는데로 몇개만 남겨두고 모두 잘라 버리시오.
뭐요? 아름다운 꽃을 자르라니?

그래야 양분이 뿌리로 가서 튼튼해지는 법이오.
…

무엇이든지 뿌리가 든든해야 꽃을 피울 수 있는 법입니다.

조금 마음을 쓰면 이 세상 모두가 행복해진다. 고독한 사람이나 의기소침한 사람에게는 한 두 마디 부드러운 말을 걸어 주자.

그러나 당신은 내일이면 그런 친절한 행동들을 잊어 버릴지도 모른다. 하지만 친절하게 대접받은 그사람은 당신의 말을 일생동안 가슴에 품고 있을 것이다.

- 데일 카네기 -

산다는 것은

아주 가난한 부부가 살았다.
저녁이 되자 남편에게 전화가 왔다.
당신, 지금 제정신 이예요?
오늘 저녁에 친구를 데리고 가려하오.
식사를 함께하려고 하거든...

집엔 쌀 한톨없고,
지붕에선 비가 줄줄 새고,
아이와 나는 감기가 걸려 끙끙 앓고 있는데..
이 와중에 친구를 데리고 와요?!

가만히 듣고있던 남편이 낮은 목소리로 말했다.
그래서 더욱 친구를 집에 데려 가려고 하는거요.
친구가 멍청하게 결혼만 하면, 무조건 행복할거라는 생각을 갖고 있거든...
결혼도 연애와 같다면, 얼마나 좋겠습니까?

착한 마음이 없으면 착한 일을 보아도 장님처럼 행동한다. 사람이 착하지 못하면 언제나 남의 허물을 자신의 음식물로 본다. 그런 사람은 남의 숨은 허물을 찾아내기에 바쁘다.

- 베이컨 -

삶과 죽음

허허허허....
이렇게 어리석은
놈을 보았나?!

사람 섬길 줄도 모르면서
어찌하여 귀신 섬기는 걸
묻느냐?!

그럼 스승님!
죽음이란 무엇인지
알려주십시요.

이런
한심한 놈!

삶도 모르면서
어찌 죽음을
알겠느냐?!

살아가는데 필요한 고민들만 하기
에도 모자라는 세상입니다.

지혜가 있어도 그것을 행할 용기가 없으면 아무 소용이 없고, 아무리 굳은 믿음이라 할지라도 희망이 없으면 아무런 가치가 없다. 희망이란 언제까지나 사람들과 함께 있으면서 악과 불행을 극복하는 힘이다.

- 마르틴 루터 -

포도밭 주인이 일꾼들을 부리고 있었다.
그중에 일을 매우 잘하면서, 솜씨도 뛰어난 일꾼이
눈에 띄었다.
자네, 일 그만하고
나와 함께
산책이나 하세.

이를 본 다른 일꾼들은
몹시 못마땅해 했다.
저 사람은 2시간 밖에 일을
하지 않았는데 어찌
우리 품삯과 똑같이 준단
말이오.

이 사람은 여러분이
하루종일 한 일을 2시간만에
해치웠잖소.
사람은 얼마나
오래사느냐가 중요한게
아니라 어떻게 살았느냐가
더 중요합니다.

사람에게 가장 무서운 것은 행운이나 행복의 결핍이 아니라, 지혜의 결핍이다.

- 카알라일 -

강도와 장님

지혜는 사람이 가진 정신적 도구 중에서 가장 쓸모가 많은 도구입니다.

어리석은 사람이 스스로 '어리석다' 고 생각한다면 그는 벌써 어진 사람이다. 어리석은 사람이 스스로 '어질다' 고 생각한다면 그야말로 어리석은 사람이다.

- 법구경 -

꿈

당신은 달콤한 열매만 원하며 살지는 않습니까?
열매를 원한다면 먼저, 씨앗부터 뿌리세요.

정직해야 된다. 그러나 내가 정직한 탓으로 남이 피해를 본다면 오히려 허위보다 못한 정직이다. 행복해야 된다. 그러나 내가 행복한 까닭에 남이 해를 입는 행복은 오히려 불행보다도 못한 행복이다.

- 법구경 -

상관

하지만 나무는 꿈쩍도 하지 않았다.
지나가던 신사가 말했다.
자네는 왜 함께 일을 하지 않는가?!

저는 졸병이 아니고 작업지시를 하는 상관입니다.

신사는 아무말 하지않고 병사들과 함께 나무를 운반했다.
영차
영차

나무를 나른후, 신사는 땀을 닦으며 상관에게 말했다.

앞으로 이렇게 큰나무를 운반하는 일이 생기면 총사령관을 부르게!
네?!

병사들은 그제서야 신사가 〈조지워싱턴〉장군임을 알았다.
낮은 곳으로 내려 오세요. 존경하는 마음이 쉽게 닿을 수 있는 거리에....

중상모략이나 헛소문은 진실보다 빨리 전해지지만 진실만큼 오래 머물지 못한다.

- 로자드 -

상금

자신의 병을 고쳐준 의사에게 임금이 상을 내리게 되었다.
그대가 내 병을 고쳐줬으니 약속을 지키마.

여기 2장의 종이가 있다. 하나는 금화 1만냥이고 다른 하나는 동전 1냥이 적혀있다.

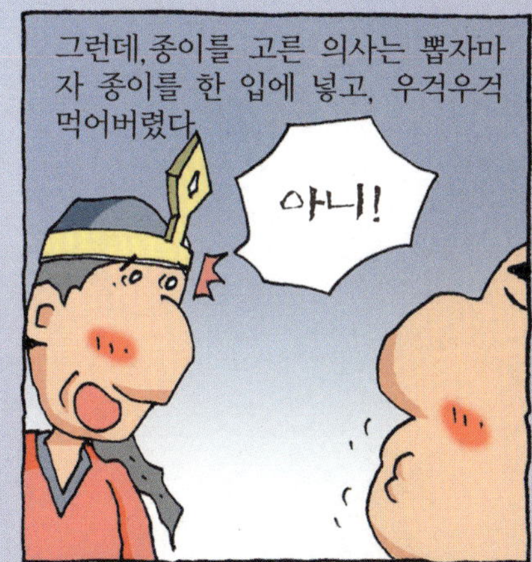

혼자만 영리하다고 생각하는 사람처럼 큰 바보는 없습니다.

마음에서 우러나오는 것이 아니라면, 겉으로 아무리 친절해도 진실로 사람을 기쁘게 하지 못한다.

- 휴브렐 -

어떤 남자가 친구들 앞에서 지구를 들어 보이겠다고 떠벌였다.
미친놈 아냐?
어떻게 지구를 든단말야.
해봐!

친구들이 해보라는 말에 그 남자는 물구나무를 서서 말했다.
자 보라구!
어때 내 말이 맞지?
지금 내가 지구를 들고 있잖나.

친구들 모두가 어이없어 했지만 이 남자는 영국의 유명한 물리학자 카문리스였다.
당신도 해보십시오.
지구말고도 아직 들어 올려지지 않은 것들이 많이 있습니다.

자신의 의지에 충실하라. 무엇이 좋고, 필요한가를 결정하는 것은 다른 사람이 결정하는게 아니다. 결정하는 것은 오직 자기 자신이다. 자신의 의지에 따라 당당하게 사는 사람은 타고난 의지의 소유자들이며 행동 또한 품위가 있다.
이들은 결코 자존심을 버리는 법이 없고 사람들에게 존경 받는다.

그러나 다른 사람의 눈치를 보며 살아가는 사람은 노예의 운명을 타고난 사람들처럼 자신이 원하는 것이 무엇인지 알지 못하고 모든 것을 포기하고 만다.

- 톨스토이 -

생각의 차이

잉글랜드의 왕 윌리엄 1세가 전투끝에 영국에 상륙했다. 하지만 배에서 내리자 마자 발을 헛딛어 앞으로 엎어지고 말았다.
이런...상륙하자마자 엎어지다니... 불길한 징조인걸...!

부하들도 같은 생각이 들었다.
왠지, 불안하다!!

이때 윌리엄이 말했다.
하느님의 은총으로 나는 이땅에 내리자 마자 두손으로 흙을 만질수 있었노라! 이제 영국은 우리의 것이다!
와
와
나쁜 일도, 하늘이 주신 또 다른 기회로 생각하십시오.

마음이 착한 사람은 남이 곤란한 것을 보면, 자기도 모르게 돕지 않고는 못 배긴다. 그런 사람은 친절한 일을 할때마다 즐거워지고 보람이 된다. 어떤 어려움도 극복하고, 더욱더 큰 목표를 세우고 전진한다. 행복해지고 싶다면, 가슴에 손을 얹고 생각해 보라.

진정한 즐거움은 잡초나 아침 햇살에 빛나는 이슬같이 우리 주변에 무수히 널려 있다.

- 헬렌 켈러 -

선과·악

세상은 싫든 좋든 어쩔 수 없이 함께 동반해야 할 것들이 많습니다. . .

이 세상 사람들은 약간의 식량밖에 비축해 놓지 않은 채 물속으로 잠겨드는 배에 타고 있는 것과 같다. 조금밖에 남지 않은 식량을 아끼면서 끊임없이 배의 바닥에 고이는 물을 퍼내고 있다.

우리 가운데 어느 한 사람이라도 그 일을 쉬게 되면 많은 다른 사람들에게 피해를 주는 일이며, 그것은 우리 모두를 파멸로 이끄는 행위다.

- 톨스토이 -

선물

어떤 사람이 석가에게 한참동안 욕을 해댔다. 조용히 듣고있던 석가가 물었다.
어떤사람이 선물을 거절한다면 선물은 누구의 것인가?

그것은 당연히 선물을 주려던 사람의 것이겠지요.

나도 당신이 준 욕설의 선물을 거절겠오. 그러니 그 욕은 당신이 간직하길 바라오.
비난은 상대방의 것이 아니라 내 것으로 되돌아 올 수 도 있습니다.

지금 중요한 것은 스스로가 자기 자신을 어떻게 이해하고 있는가이다. 자기를 어떻게 이해하는가에 따라서 당신은 행복을 가질수도 있고 반대로 불행해질 수도 있기 때문이다.

인생에서 행복과 불행에 대해 생각할때 다른 사람을 생각할 필요가 없다. 다른 사람들이 어떻게 생각하는지에 대해 마음을 쓰는 것보다는 어떻게 하면 자신의 정신을 굳건하게 지켜낼 수 있는가에 대하여 깊게 생각하는 것이 좋다.

- 톨스토이 -

성악가

어떤 회사에서 유명한 성악가를 초청했다.
당신에게 초청비를 얼마나 주어야 하나요?
천만원입니다.
네?! 천만원이라구요?!
우리 회사에서 천만원을 받는 사람은 회장님 밖엔 없소.

돈으로 할 수 있는 일들은 많지만, 돈이 대신할 수 없는 일도 많습니다.
그럼 그 회장님을 불러 노래를 시키시지요!

일이 뜻대로 되지 않을 때는 나보다 못한 사람을 생각하라. 원망하고 탓하는 마음이 저절로 사라지리라.

마음가짐이 게을러지거든 나보다 나은 사람을 생각하라. 저절로 분발하리라.

- 홍자성 -

성지 순례

내 평생 소원이 뭔줄 아니?
그야... 성지를 순례하는 일이겠지..
두 젊은이는 성지를 순례하기로 하고 경비를 각자 마련했다.
난 이만큼 했네..
도
난 가난하여 이것밖엔 구하지 못했네.
알겠네. 그냥 떠나세.
그래서 두 젊은이들은 성지순례에 올랐는데 며칠을 고생한 끝에 어느 마을에 도착했다.
큰 흉년이 들어 마을사람들이 죽어 가고 있어.
이 사람들을 살려놓고 가세.
안돼!!!
이 사람들을 구하고 떠나면 너무 늦을 걸세. 나 먼저 가겠네.
이...이보게!!

가난한 친구는 혼자 남아서 가난한 사람들을 돌보았다.
이런... 여행비용을 모두 써버렸군.
아쉽지만 성지순례는 나중에 가야겠군.
한편 부자친구는 예루살렘까지 왔지만 사람들이 워낙 많아 가까이 다가 갈 수가 없었다. 그런데 수많은 사람들 틈에서 친구가 보였다.
아니!! 언제 저기에 와 있었지?
이보게 친구... 친구!!
친구를 뒤로하고 부자친구는 성지순례도 하지 못한채, 집으로 돌아왔다.
터벅
터벅
아니!! 친구! 언제 집에 왔나?!
?

예수님을 만나고 싶으세요?
그렇다면, 성지가 아니라 사람들로부터
외면당한 어두운 음지를 순례하세요.

79

세상을 살아가는데 있어 한 발자국 사양하는 것을 높다고 한다. 그것은 물러 섬으로써 곧 나아갈 밑천을 만들기 때문이다. 사람을 대접하는데 있어 보다 너그럽게 하는 것을 복이라고 한다.

남을 이롭게 하는 것이 바로 자기 자신을 이롭게 하는 것이 된다.

- 채근담 -

소신

어느 초등학교에 장관이 사찰을 나왔는데 학교장은 모자를 쓴 채 장관을 안내했다.
저런 예의없는 사람을 봤나!
높은 사람이 왔는데 모자를 쓰고 안내를 하다니…
…

장관이 간후 학교장은 이렇게 말했다.
나라에선 장관이 높지만 학교안에서는 내가 더 높은 사람이기 때문이오
소신앞에서는 계급장이나 직위도 한낱 천조각에 불과합니다
….

인간은 강과 같은 것이다. 강은 어디서나 변함없다. 그러나 강은 큰 강이 있는가 하면 좁은 강도 있으며, 고여있는 물이 있는가 하면 급류도 있고, 맑은 물과 흐린 물, 차가운 물과 따뜻한 물도 있다.

인간도 바로 이와 같은 것이다.

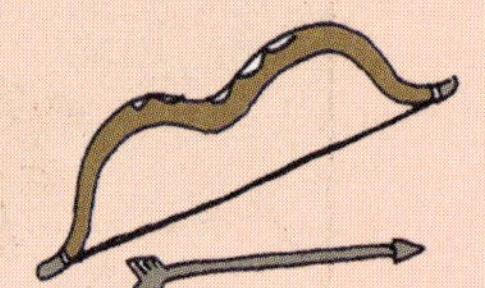

- 톨스토이 -

소 유 욕

그러던 중 활을 잃어 버렸다.
내 활!!
어디로 갔지?

많은 사람들이 활을 잃어버린 사람을 안타까워 했다.
안됐소..

그러나 그는 전혀 걱정없는 얼굴로 이렇게 말했다.
중국사람이 잃어 버리고...

중국 사람이 주우면 됐지, 무엇이 서운하겠소?!

공자가 그의 말을 듣고 이렇게 말했다고 한다.
아주 훌륭하구나.

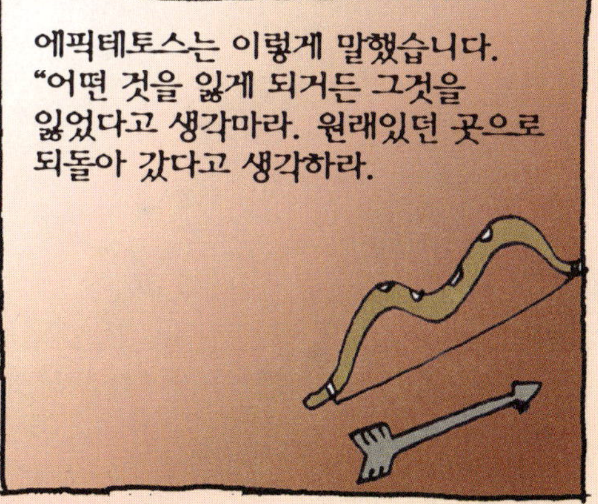

에픽테토스는 이렇게 말했습니다. "어떤 것을 잃게 되거든 그것을 잃었다고 생각마라. 원래있던 곳으로 되돌아 갔다고 생각하라.

행복의 유일한 길은 감사를 기대하지 않고 주는 기쁨이다. 당신의 고민을 헤아리지 말고 당신이 받은 축복을 헤아려라. 또한 남을 모방하지 말고 자신을 발견하고 자기답게 살라. 친구의 불행보다는 행복한 자신의 행복을 줄 수 있음에 감사하라.

- 앙드레 지드 -

소중한 것

세계적인 동물학자로 유명한 미국의 루이스 아가시가
어떤 학회로 부터 강연을 초청받았다.
원하는대로
다 주겠소
그러니 강연을
해주시오.

미안하오.
나는 돈보다도 계속
연구하는 것이 더
소중하오.
돈의 사전속엔
불가능이란 없지만,
돈이 신념을 이기는 것도
불가능합니다.

누구나 친구라고 한다면 당신에겐 아무도 친구가 없다.
친구를 가지지 못한 사람은 그 일생을 반밖에 맛보지 못한
셈이다.

- 도이칠란트 속담 -

속마음

회사원이 월급을 받았는데 10만원이 더 있었다. 아마도 회계원이 계산을 잘못한 것 같았다.
앗!

하핫! 웬, 횡재야?

그러나 그다음 달 월급봉투를 보니 10만원이 부족했다
아니... 이럴수가!

10만원이 부족하오. 책임지쇼, 어서!
똑바로 하란 말 이오!

그렇다면 지난달에 10만원을 더 드렸을때는 왜 불평을 하지 않았소!?

혹시, 빌린 돈은 다 갚으셨나요? 돈은 나한테만 소중한 것이 아닙니다.

는 허세의 옷으로 만들어지지 않는다. 용기는 불의를 보면 알 수 있고 지혜는 위기에 처해 있을때 알아볼 수 있다.
용기가 없다는 것은 남보다 먼저 겁냄을 말하는 것이 아니라 어려움을 당하여 의를 잃는 것을 말한다. 진정한 용기란 자기가 모든 사람 앞에서 행할 수 있는 일을 아무도 안 보는 데에서 하는 것을 이른다.

- L.A 아미스테드 -

수업료

예?! 다른 사람은 5백인데 저는 왜 일천불을 내야 합니까?

도대체 알 수 없군요. 저는 왜, 따로 2배의 수업료를 내야 하는지?
다 이유가 있습니다.

잘못들인 습관을 고쳐야 하는데, 그만큼 레슨도 2배로 힘들지기 때문입니다.

선생님은 다름아닌 세계적인 음악가 〈모짜르트〉였다.
좋은 습관은 훗날, 우리를 두 배로 더 행복하게 해줄 수 도 있습니다.

나는 언제나 모든 일의 좋은 쪽만을 본다. 매사에 걱정거리가 되는 어두운 면만을 보는 사람도 있지만 난 그렇지 않다. 비록 엄청난 고통에 짓눌린다 해도 하늘이 온통 먹구름으로 뒤덮인다 해도 괜찮다. 나는 내 고통을 내 즐거움으로 여기겠다.

- 테레사 수녀 -

쉼터

당신은 어디로 가고 싶으세요?

환경이 인간을 행복하게 하거나 불행하게 하는 것이 아니다. 우리가 환경을 어떻게 적응하느냐에 따라서 우리의 행복과 불행이 좌우된다.

예수의 말대로, 천국은 우리의 마음 속에 있고 지옥도 우리의 마음 속에 있다. 무엇이든 우리가 정면으로 대결한다면 비극은 극복할 수 있다. 불가능하다고 생각하는 모든 것이 인간은 우리가 판단하고 있는것보다 훨씬 강하다. 그러므로 아직 활용해 보지 못한 강력한 힘이 우리 안에 있는 것이다.

- 카네기 -

신사

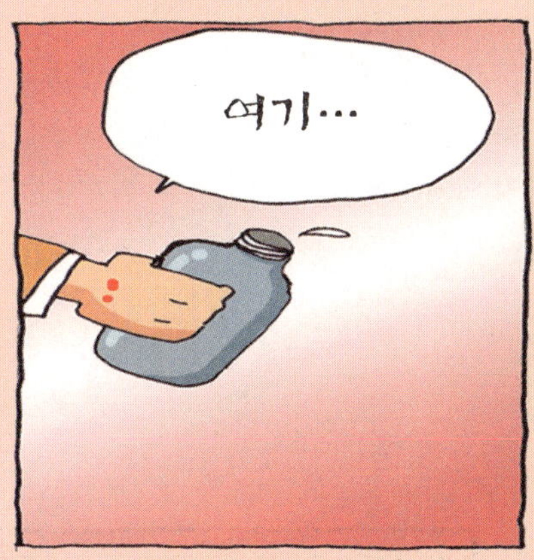

목마른 내앞에 한컵의 물이 놓여 있다면 과연, 누가 마셨을까요?

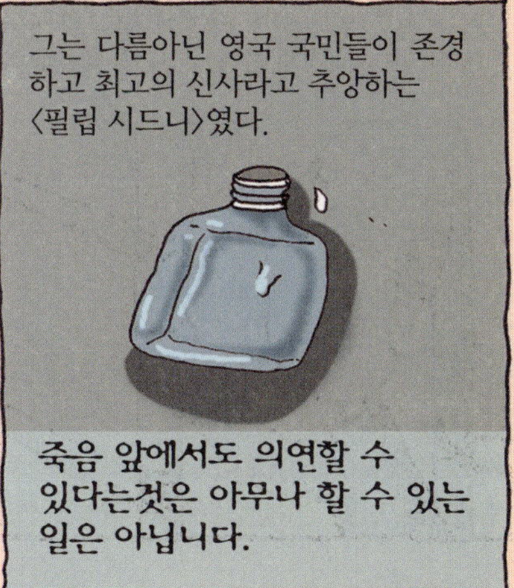

희망이 달아난다고 해서 용기마저 놓쳐서는 안 된다. 희망은 우리를 속이지도 않을 뿐더러 오히려 힘을 북돋아 주는 약이 되기 때문이다.

- 채근담 -

실오라기

아니!
밧줄을 모두
가지고
내려갔잖아!

으앙!
난 어떻해…!

높은 빌딩에서 안절부절 하고 있을대 그의 친구가 밑에서 소리쳤습니다.
양말을 벗어 첫 실오라기를 풀어보게.

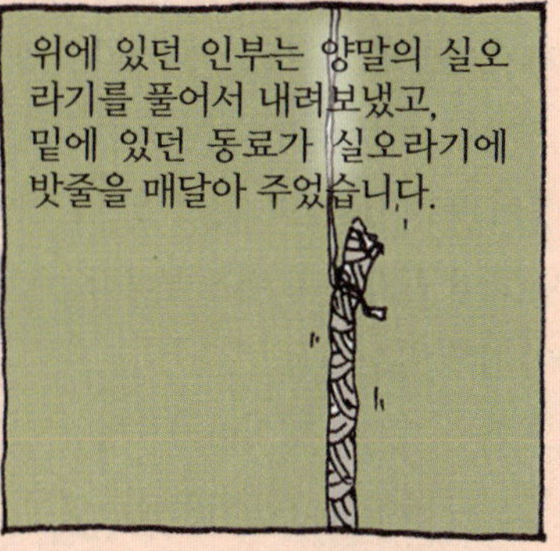

위에 있던 인부는 양말의 실오라기를 풀어서 내려보냈고, 밑에 있던 동료가 실오라기에 밧줄을 매달아 주었습니다.

밧줄아!
반갑다.

세상에 무용지물이란 없습니다.
아무리 하찮은 존재라하더라도…

천재는 노력을 계속할 수 있는 사람이다. 실패와 성공 사이를 갈라놓는 선은 너무나 미묘하기 때문에, 가령 타고 넘어가도 잘 모른다. 조금만 노력하면 성공할 수 있는데 포기하는 사람이 너무나도 많다.

바닷물이 빠진다는 것은, 다시 밀려 들어온다는 전조이다.

절망은 밝을 때가 가장 어둡게 보이는 법이다. 절망이라고 생각될 때 조금만 더 힘을 내면 성공이 기다리고 있다.

하려고 하는 의욕을 잃어버리지 않는 한 실패란 있을 수 없으며 우리들이 태어날 때부터 가지고 있는 마음의 약함 이외에는 넘지 못할 장애물은 아무것도 없다.

- 앨버트 하버트 -

실패와 성공

아인슈타인은 3살까지 말을 못했고, 트루먼은 육군사관학교에서 낙제를 당했으며, 음식점 종업원으로 전전할 때도 있었다.

우리는 총을 신중하게 다루어야 한다. 그러나 사람들은 신중하게 다루어야 한다는 사실을 알려고 하지 않는다. 우리가 사용하는 말은 실탄이 장착된 총보다 무서운 무기이다. 정치가의 실언이 타인의 생명을 빼앗아가기도 하는 사실은 흔히 볼 수 있다. 그래서 말하는 것은 총기를 다루는 것보다 신중해야 한다. 역사를 움직이는 위대한 사람들은 총기를 다루 듯이 자신의 말을 아주 잘 다루어 갔던 사람들이다. 우리가 깨달아야 할 것은 그 언어를 담아둘 수 있는 그릇인 마음 또한 잘 다스려야 한다.

- 톨스토이 -

썩은 밀

어떤 농부가 세금을 내지 않자 정부로부터 소송을 당했다.
재판이 오후 1시인데 왜 늦은거요?

썩은 밀을 심고 오느라 늦었소

네?! 그걸 말이라 하시오?
썩은 밀을 심으면 싹이 나옵니까?

농부는 기다렸다는 듯이 말했다.
썩은 밀로 싹이나길 바라는 것이나 먹을 것도 없는 가난한 농부에게 세금을 내라는 말이나 무엇이 다르단 말이오.
남의 모순은 돋보기로 보고, 나의 모순은 졸보기로 봅니다.

꽃에 향기가 있듯이 사람에게도 품격이란 것이 있다. 꽃도 그 생명이 생생할 때에 향기가 신선하듯이 사람도 그 마음이 맑지 못하면 그 품격을 보전하기 어렵다.

- 셰익스피어 -

아름다움

생명이 없는 아름다움은 오래 가지 않습니다.
지금은 아무리 보잘 것 없어도 희망만 있다면,
꽃을 피울 수 있습니다.

인간이 할 수 있는 일에 마음만 먹는다면, 설사 어떤 고난에 처해도 언젠가는 반드시 목표를 달성할 수 있다. 그러나 단순한 일일지라도 자기에게는 무리라고 생각을 한다면, 조그만 흑더미에 지나지 않는 일도 어마어마한 태산처럼 보인다.

- 에밀 쿠에 -

아버지와 아들

아들아! 힘을 내거라
조금만 더 가면 마을이
있을거다.

아버지와 아들은
쉬지 않고
걸음을 옮겼다.
그런데 무덤이
보였다.
아버지 우린
이제 죽었어요.
이 무덤을 보세요.
흑흑

무슨 소릴 하는거냐? 묘지가 있다는 건
가까운 곳에 마을이 있다는 증거란다.
지혜로운 사람은
절망도 희망의
한 부분으로
생각합니다.

남에게 천만금을 준다고 해도 그것이 이해타산에서 나오는 것이라면 상대방에게 아무런 감동도 주지 못한다. 그러나 밥한 그릇이라도 진심이 담겨 있으면, 일생동안 그 감격을 못 잊게 한다.

한고조 유방을 도와 대업을 이루게 한 저 유명한 장수 한신은, 곤궁했을 때 빨래하는 여인에게 따뜻한 한 그릇 밥을 얻어 먹은 적이 있는데, 그 사건을 그는 일생을 두고 잊지 못했다.

- 채근담 -

40년 동안 유전학을 연구하였던 바바라 맥클린 특여사는 오직 한가지 신념으로 유명했다.
평생을 유전학에만…
저 여자 미친거 아냐?

그는 79세에 되서야 명성을 얻었고 많은 상금도 받았다. 1983년에는 노벨상까지 받았다.
많은 돈도 생기고 명예도 얻었는데…

다른 것은 필요없습니다. 내 연구를 도와줄 안경이 필요할 뿐입니다.
우리에게 필요한 것은 소신과 신념 입니다

위대한 사상과 원칙이 한세대에서 다음 세대로 전해지는 이유는 단순히 그 내용이 좋다거나 문자로 남겨졌기 때문이 아니다. 아이들이 자랄때부터 그 위대한 사상과 원칙을 마음 속에 심어줄 수 있었기 때문이다.

- 조지 벤슨 -

포기하지않는 사람에겐 기회도 그 사람을 포기하지 않습니다.

사랑받고 싶다면 먼저 사랑하라.

- 오비디우스 -

영국의 산간마을에 한 여인이 병이 난 아이를 안고 눈 길을 내려가
다 길을 잃고 헤메던 중 아이를 품에 안은채 얼어죽고 말았다.
아가야!
너만은
살아야 해!

날이 밝은 후 마을 사람들이 발견했는데 그의 어머니는 죽었으나
아이는 그녀의 체온때문에 살아있었다.
그 아이가 커서 영국 수상이 된 〈로이드 존〉이였다.
어머니…
누가 당신을
어머니같은 심정으로
사랑할 수
있겠습니까?

부모님이 우리의 어린 시절을 자상하게 꾸며 주셨으니 우리는 부모님의 여생을 아름답게 꾸며 드려야 한다.

- 생텍쥐베리 -

어머니의 힘

그리고 이것도 가져가 식량으로 쓰세요.

아닙니다. 저희 상관께서 그런 명령은 없었습니다.
당신의 상관이 누구요.

가서 상관에게 전하시오 어머니가 보낸 것이라고…
조지워싱턴 장군입니다.

훗날 조지워싱턴은 미국의 대통령이 되었다.
. . . . .
어머니는 여자보다 강하고, 전쟁보다 강합니다.

경쟁자가 되지 마라. 다른 사람들에 대한 비난은 그대의 명성을 해친다. 경쟁자도 우리를 비방하고 우리를 누르려 하기 때문이다. 공평하게 일을 수행할 수 있는 자는 별로 없다.

경쟁자는 전에는 관대히 보아 넘긴 결점까지 들춰 낸다. 경쟁이 격화되면 욕설이 되살아 나고 묻혔던 악취가 다시 풍긴다. 경쟁은 중상으로 고조되며 수단과 방법을 가리지 않게 되기 때문이다.

- 발타자르 그라시안 -

엉터리 스승

엉터리 스승을 철썩같이 믿는 제자가 있었다.
스승님 이름을 외우면 강물도 건널 수 있을거야

이 강물을 건너는 제자를 본 스승이 물었다.
스승님 이름을 외우니 되더군요
어찌하여 강물 위를 걸을 수 있느냐?

자신도 해보겠다던 엉터리 스승은 강물에 뛰어 들었다가 그만 빠져 죽고 말았다.
스승님!
스승님!
돌을 금이라고 믿으면, 금이 됩니다. 믿음만 있으면, 두려울게 없습니다.

인생에서 가장 소중한 것, 그것은 만족이다. 만족은 부, 마음의 풍요이다. 만족은 최선의 재산이며 착한 사람은 만족한다. 인생의 가치는 세월의 길이에 있는 것이 아니라 우리가 그것을 사용하는 데에 있다. 절대적인 사람은 자기가 좋아하는 것을 할 수 있다. 사람은 만족할 수 있다. 만족은 행복이다. 비참하다고 생각하지 않는다면 아무것도 비참한 것은 없다. 그러므로 어떠한 상태도 행복을 느낀다면 그것은 행복하다.

- 노자 -

왕과 거미

한참후 다윗을 뒤쫓던 적군은 동굴앞에서 입구에 거미줄이 쳐진걸 보고 그냥 돌아갔다.
여긴 사람이 없군

때마침 거미가 동굴입구에 거미줄을 치는 바람에 다윗이 목숨을 건진 것이었다.
음!

내가 가장 싫어하던 거미가 날 살렸구나.

누가 언제, 어떤 식으로 나에게 큰 도움이 될지 아무도 모릅니다.
작은 관계라도 소중히 생각하세요.

착한 일을 하는데 게으르다면 그의 마음은 이미 악을 즐기는 것과 같다.

- 법구경 -

우리는

쥐에게 연한 것만 주면 앞니가 자라 나 먹지 못해 결국 죽고 맙니다.
흑…
먹을 수가 없어

또한 앞니를 수시로 갈아야 하는데 게으름을 부려도 죽게 됩니다.
먹을 수가 없어
Z Z

그렇게 딴 청만 피우더니.
결국…

그러므로 게으름은 쥐에게 최대의 적이나 마찬가지겠지요.
부지런히 갈아야지.
박 박 박

당신이 열심히 일하는 이유는 무엇때문입니까?
쥐는 살기위해 하고… 그럼 난?

가족을 위해 땀흘리는 당신의 모습이 아름답 습니다.
여보! 고마워요.
아빠 파이팅!

참된 우정이란 뒤에서 보나 앞에서 보나 한결같아야 한다. 앞에서 보면 장미, 뒤에서 보면 가시와 같은 것은 이미 우정이 아니다.

- 루카트 -

은혜

영국의 정치인이 유세를 가는 도중 마차가 수렁에 빠지자 어느 가난한 소년이 힘을 도와 웅덩이에서 꺼내 주었다.

정치인은 고마움에
가난한 소년이
의사가 될 수 있도록
도와주었다.

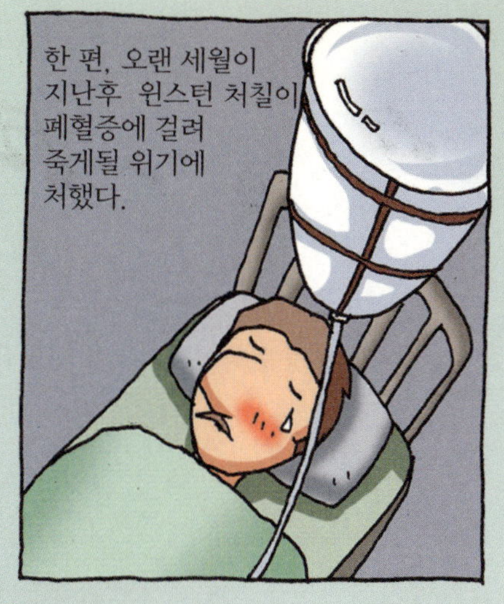

한 편, 오랜 세월이
지난후 윈스턴 처칠이
폐혈증에 걸려
죽게될 위기에
처했다.

처칠은 페니실린 주사를 맞고 생명을
겨우 구할 수 있었다.
내목숨을 살려준
그대는 누구요?

그 소년은 페니실린을 만든 플레밍이었으며
그 소년을 도왔던 이는 처칠의 아버지 랜돌프
처칠이었다.
당신의 아버지는
내가 의사가
될 수 있도록 도와
주신 분입니다
은혜는
베푼 사람에게
다시 돌아오는
부메랑입니다.

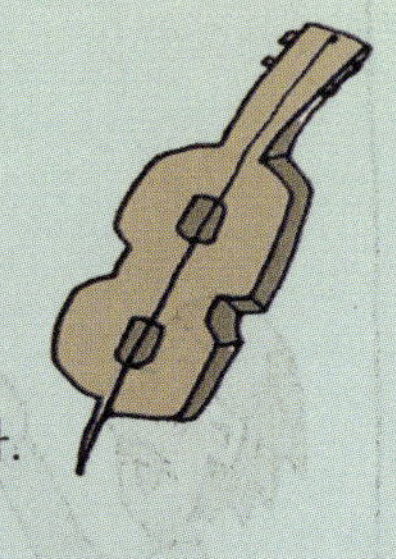

눈물에 젖은 빵을 먹어보지 못한 사람은 인생의 참맛을 알 수 없다.

- 괴테 -

음악

상대방의 마음을 울려보세요.
그러면 당신의 진정한 팬이 될 것입니다.

얕잡아 보이는 일도 막상 해보면 어렵다. 못할 것 같은 일도 시작
해 놓으면 이루어진다. 쉽다고 얕볼 것이 아니고 어렵다고 팔짱을 끼
고 앉아 있을 것이 아니다. 쉬운 일도 신중히 하고 곤란한 일도 겁내지
말고 해야 실수하지 않는다.

- 채근담 -

의미

아…물살에 떠밀려 가지 않으려고 헤엄을 치는 구나

그렇습니다. 물살때문입니다. 물살에 떠밀려 가면 바다로 가게 되고.

그러면 짠물에 목숨을 잃기 때문입니다.
너 여기 왜 왔니?

그래서 우리는 쉴새 없이 헤엄을 친답니다.

당신은 헤엄치고 계십니까?
돈도 없고 배운것도 없고…
살면, 뭐하나?

세상밖으로 밀려나지 않으려면, 목표를 향해 부지런히 앞으로 가십시오.
목표

인생을 살아가는 데 있어 세 가지 즐거움이 있다. 부모님이 살아 계시고 형제가 무고한 것이 첫째 낙이요, 하늘을 우러러 부끄럽지 아니하고 땅을 굽어보아도 부끄럽지 않음이 둘째 낙이요, 천하 영재를 얻어 가르침이 셋째 낙이다.

- 맹자 -

인생

순간 남자는 절벽 중간에 가는 나무 뿌리를 붙잡고 매달렸다.
나무 뿌리가 끊어지려고 해…
사람 살려…

힘도 빠지고 지쳐갈 즈음 남자는 우연히 옆에 꿀이 넘쳐 흐르는 벌통을 발견했다.
앗 꿀이다.

남자는 꿀에 입을 갖다 댔다.
아! 정말 달콤하구나. 너무 맛있다…

꿀은 입에는 달지만, 인생의 충치가 될 수 도 있습니다.

어떤 사람은 자기는 늘 행복하지 못하다고 탄식한다. 그러나 이것은 자신이 행복함을 깨닫지 못하기 때문이다. 행복이란 누가 주는 것이 아니라 스스로 찾는 것이다.

- 도스토예프스키 -

임금의 야량

왕을
알아보지
못한
아낙은..
.
지금
밥을 하는
중이요.
나무를
해올테니
밥을 잘
보구
계시오.

어쩌다
내 신세가
이 모양이랑..
왕이 잠시 딴 생각을
하는 동안 밥이 홀랑
타고야 말았다.

아이구~ 밥이
다 탔네! 도대체
뭐하고 있었소.
당장
나가시오

마침, 밖에서 돌아 온 남편이 나그네가
왕임을 알았다.
임금님!
제 처의 무례함을
용서해 주세요.
허허…

밥을
살피지 못한
내 잘못이
크오.
그러니 아내를
나무라지 마시오.
지위가 높은 만큼,
권력이 큰 만큼 아량도
넓었으면 좋겠습니다.

우리들의 우정은 짧고 열매가 없는 것으로 생각하기 쉽다. 그것은 우정을 가슴으로 사귀려 하지 않고, 흥미거리로 사귀었기 때문이다.

우정의 법칙은 자연의 법칙이나 도덕의 법칙과 마찬가지로 위대하고 존귀하며 영원한 것이다. 그런데 보통 사람들은 우정을 좋은 것만 취하려다보니, 덧없이 가난한 은혜밖에 얻지를 못한다.

우정은 가장 오랜 세월을 보내고서야 겨우 맛있게 익은 과실을 먹을 수 있다. 그런데도 우리는 친구를 상호 존경의 대상으로 여기지 않고, 자기 생각대로 하려는 비열함이 숨어 있다.

진실된 우정은, 유리 끈이나 창의 서리처럼 허약한 허상이 아니고 그 어떤것보다 견고한 것이다. 우정의 목표는, 가장 엄격하고 가장 소박한 인간관계를 행하는 것이다. 우정은 맑은 날이나 아름다운 선물과 같고, 불운에 처하거나 배가 난파 되었거나 가난이나 곤경에 허덕이게 될 때도 함께 있는 것 만으로도 행복한 것이다.

- 애머슨 -

남을 헐뜯는 것은 살인보다 더 무섭다. 살인은 한 사람만 죽이지만
남을 헐뜯는 것은 세 사람을 죽인다.
헐뜯는 자신과 듣고 있던 사람, 헐뜯기의 대상이 된 사람이다.

남을 헐뜯는 것은 무기로 사람을 해치는 것 보다 더 무섭습니다.
무기는 멀리하면 다치지 않지만 남을 헐뜯는 것은
먼곳에 있는 사람도 해칠 수 있기 때문입니다.

당신이 자신을 사랑한다면, 스스로를 사랑하듯 다른 사람도 사랑하게 될 것이다.

만일, 당신이 자신을 사랑하면서 남을 사랑하지 않는다면, 진정한 의미에서 자신을 사랑하는 데도 실패할 것이다.

그러므로 스스로를 사랑하면서 남도 자기와 똑같이 사랑할 수 있는 사람이야말로 위대하고 정의로운 사람이다.

- 에스할트 -

자리

대통령, 대법원장,
국무총리, 국회의장
그리고 인간 문화재가
오실거요.
예

어서
오십시요.

사장님! 저기 상석엔
당연히 대통령께서
앉으시겠죠!
…

앗!
저 사람은…
이 자리에
앉으시죠.
예

사장님! 가장 좋은 자리에
대통령이 아니고,
어찌 북 만드는 사람을
앉히는지요?
모르는
소리.

대통령이 될 사람은
많지만, 저 인간문화재가
죽으면 북을 만들 사람이 아무도
없기때문이지.
…
귀한 자리보다는
귀한 일을 소중히
생각하세요.
일이 당신을
귀하게 만듭니다.

우리 모두가 같은 배를 타고
이 곳까지 오지는 않았지만,
지금 우리는 모두 한 배를 타고 있다.

- 서양속담 -

자연

사람을 위한 자연이 아니라
자연을 위한 사람이 됩시다.
자연은 사람과 멀리 할 수 록 오래갑니다.

남을 아는 사람은 지혜있는 사람이지만
자기를 아는 사람은 더욱 현명한 사람이다.

- 마르더 알리스 -

자유

고대 그리스의 철학자인 디오게네스는 거지 철학자로 유명했다. 어느날 목이 말라 동냥 그릇을 들고 강가에 앉았다.

동냥 그릇에 물을 뜨려할 때 개 한마리가 디오게네스 옆에서 물을 벌컥벌컥 마셨다.

아니!
저렇게 좋은
방법이 있다니.

디오게네스도 개처럼 머리를 쳐박고 물을 마셨다.

캬!

가끔은 형식보다 본능이
더 필요할때가 있습니다.

거친 밥을 먹고 물을 마시고 팔을 베고 자더라도 즐거움이 그 가운데에 있다. 그러니 올바르지 않은 부귀는 나에게 뜬구름과 같다.

- 논어 -

그들이 당신곁을 떠났다고 생각하십니까? 당신이 그들곁을 떠난 것은 아닙니까?

실패없이 살기를 원하기 때문에 패배감이나 열등감의 노예가 되는 것이다. 이번에는 실패해도 다음에는 성공할 수 있다. 두번 실패했어도 세번째는 일어설 수 있다. 할 수 있다는 성격이 인생항로에 주는 힘은 한없이 큰 것이다.

- 노만 필 -

참스승

스승은 자리에서 일어나 그 제자에게로 가려했다.

스승님! 어찌 스승님께서 가십니까? 제자가 스승님을 찾아와야지요.

자네는 참된 것을 모르는군. 내가 제자에게 가든, 그 제자가 나를 찾아오든 그게 무슨 상관인가?

예의보다 더 중요한 것은 스승과 제자 사이의 사랑일세....
예의를 지키는 것이 중요한게 아니라, 사랑을 지키는 것이 중요합니다.

덥다고 불평하고 괴로워하지 말라.

가난함을 고통으로 여겨 슬퍼하지 말라.

더위를 사람의 힘으로 쫓을 수는 없으나 마음으로 더위를 이겨내면 몸은 한결 서늘해진다.

가난을 쫓을 수는 없지만 근심을 버리면 마음은 항상 즐거운 곳에 있다. 덥다고 짜증을 내도 시원해지지 않으며 가난을 슬퍼한다고 해서 가난이 사라지지 않는다.

- 채근담 -

최면

냉동실을 나가려했지만 그를 구해 주는 사람은 아무도 없었다.
살려 주세요.
꽝꽝

이대로 가다간 얼어 죽겠는걸…
몸이 얼음처럼 굳어 가고 있어…

마침내, 선장이 냉동실문을 열었을때 그는 죽어 있었다.
아니, 왜 죽었지?

이 사건은 1950년 영국에서 실제로 있었던 일이다. 그의 죽음이 믿어지지 않는 것은 그 냉동실엔 코드가 뽑혀 있어서 전혀 춥지도 않은 상태였다는 점이다.
따뜻한데 얼어죽다니…
사람은 마음먹기에 달렸습니다. 스스로 최면을 걸어보세요. 무엇이든지 할 수 있다고…

지금 어디에 서 있다는게 문제가 아니고 어떤 목표를 가지고 출발점에 서있냐는 것이다. 당신이 서 있는 그 환경은 당신의 출발점인 것을 알라.

마음이 높으면 생각도 높아야 한다.

누구나 그 사람을 열렬히 사랑할 수 있는 것은, 그 자신에게 있어서 독자적인 아름다움뿐 아니라, 동시에 다른 사람에게도 그 아름다움을 비춰주기 때문이다.

- J.F. 밀레 -

칼과 목탁
무사와 수도승이 수도를 하기위해 산으로 들어갔다.
산으로 들어간 두 사람은 오랫동안 수도에 수도를 거듭한 끝에 득도 하였다.
자 이제 내려 갑시다.
그들은 산을 나왔다. 무사는 원수를 갚겠다고 칼을 가지고 나왔고 수도승은 세상을 구하기 위해 목탁을 들고 나왔다.
아무리 소원하던 것을 얻는다 해도, 그것이 남에게 해가 되는 것이라면 아무 쓸모도 없습니다.

때때로 용서가 불가능하다고 생각될 때가 있다.

우리는 그때 용서라는 것이 다른 이를 위해서 뿐만 아니라 자신을 위해서 좋다는 것을 종종 잊고 있다. 만약 용서를 못한다면 뜨거운 석탄 덩어리를 손에 쥐고 있는 것과도 같다. 그 상처가 깊으면 깊을 수록 다른 이 뿐만 아니라 자신의 고통도 그만큼 깊어지는 것이다.

- 제니퍼 제임스 -

탈영병

하지만 너는 아무것도 변한게 없구나.

따라서 나는 너에게 총살형을 명할까 한다.

장군님! 잠깐만요. 장군님은 아직 이 병사에게 시도해 보지 않은 것이 한가지 있습니다.
!
← 보좌관

그게 무엇인가?!
이 병사를 용서하는 일입니다.

장군은 탈영병을 용서하였습니다. 물론 그 탈영병은 장군에게 충성스런 병사가 되었습니다.

탈영병의 상관은 영국의 유명한 웰링턴 장군이었습니다.
당신이 용서를 선물할때마다 상대방은 충성을 선물합니다.

야심과 탐욕을 목표로 하는 사람들은 자기의 소유라고 생각한 것의 종이 되어, 그것을 섬기고 있는데 지나지 않는다.

- L.A 세네카 -

편견

그리고 몇 미터를 더 가자 이번에는 훨씬 더 큰 표지판이 보였다.
정말 무서운 개인 모양이군

그러나 그가 과수원에 도착 했을 때 초라한 강아지 한마리가 지키고 있었다.
에게.. 개...
개 조 심

저렇게 작은 강아지가 과수원을 지킨단 말이오?
아뇨! 이 표지판이 우리 과수원을 지켜 준 다오.

표지판은 그냥 표지판일 뿐입니다. 눈에 보이는 것에 집착하거나 두려워 하지 마십시오.
개 조 심

나무만 보고 숲을 보지 않는 것은 흔히 있는 일이다.

그러므로 우리는 넓은 범위를 보는 것에만 정신이 팔려 미래의 이익에만 시선을 빼앗기고 있으며, 현재 모처럼 손에 들어와 있는 기회조차 이익을 볼 수 없게 된다.

인생은 그렇지 않아도 짧은데, 시간을 낭비한다면 더욱 짧아진다.

- 사무엘 존슨 -

하느님

랍비는 웃으며 밖으로 나왔다.
저 태양을 똑바로 보시오
네?

말도 안돼는 소리 !
어찌 태양을 쳐다본단 말이오

하하하… 하느님이 만든 태양도 쳐다보지 못하면서 어찌 하느님을 볼려고 하시오?

마음의 눈으로 보면, 볼 수 없는 것을 볼 수 있습니다.

그대는 보지 못했는가 길가에 버려져 있는 못을 그대는 보지 못했는가 부러진 오동 나무를 정부는 관 뚜껑을 덮어야 모든 일이 결정된다. 그대는 아직 다행이 늙지 않았거늘 어찌 세상을 원망하리.

- 두보 -

행복이란

아주 가난한 바보가 바다에 나갔다가 우연히
엄청나게 큰 고기를 잡았다.
으와!

이렇게 큰 고기를
어떻게 하지?
팔아야
하나?
먹어야
하나?
한번 키워
볼까?

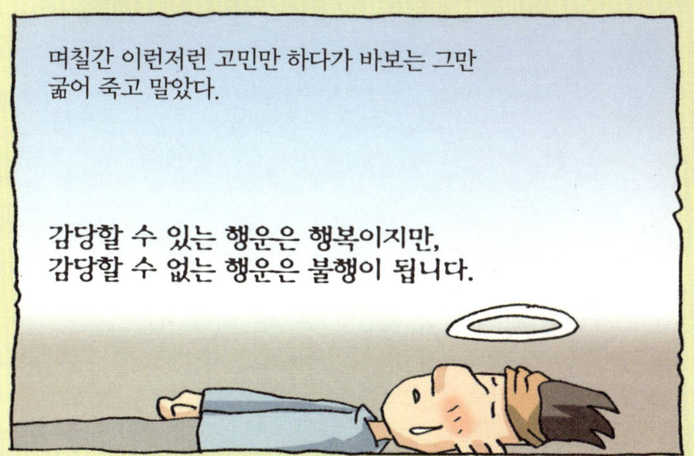

며칠간 이런저런 고민만 하다가 바보는 그만
굶어 죽고 말았다.

감당할 수 있는 행운은 행복이지만,
감당할 수 없는 행운은 불행이 됩니다.

천 칸이나 되는 큰 집이라도 잠을 자는 자리는 여덟 자뿐이고, 좋은 밭이 만 이랑이나 되어도 하루에 먹는 것은 곡식 두 되뿐이다.

- 명심보감 -

화살

북평의 태수 이광이 호랑이를
잡겠다는 일념으로 산으로 갔다.
앗
호랑이다!

이광은 혼신의 힘을 모아
활을 당겼다.
팽

잡았다.
퍽

달려가서 보니,
놀랍게도 화살은 바위에 박혀 있었다.
이광은 다시한번 바위에
화살을 쏴 보았으나 화살은
박살이 나고 말았다.
이럴수가!
아니!
마음의 시위를 당기세요.
마음만큼 강한 화살촉은
없습니다.

아무리 곱고 아름다운 꽃이라도 향기 없는 꽃이 있듯이 아무리 위대한 가르침이라도 스스로 실천하지 않으면 열매가 없다.

- 법구경 -

후회

논리적으로 사랑을 생각해보니…

철학자는 오랜 고민끝에 결혼을 하기로 맘먹고 여자를 찾아갔다.

결정했소! 나랑 결혼해 주시오.
지금 와서 무슨 말씀이세요? 난 벌써 다른 남자와 결혼한지 3년이나 됐다구요.
사랑은 택시처럼 아무때나 탈 수 있는 것이 아닙니다. 지금 사랑을 놓치면, 언제 또다시 올지 모릅니다.

현명한 사람은책임을 질 줄 알고 미래를 대비할 줄 아는 지혜를 갖고 있다. 그것은 자신이 서 있는 자리를 아는 사람이다. 격변하는 현실에 대비하려면 무슨 일이건 가볍게 움직이지 말고 미래로 가는 방향을 꼭 알아야 한다.

그러므로 사람들의 생각을 알고 현재를 파악한 다음, 확신에 찬 결정을 내려야 한다. 그러면 지금까지의 행위들을 계속할 것인지 아니면 보류할 것인지를 판단할 수 있을 것이다.

- 톨스토이 -

희망!

음식점 앞으로 달려간
청년은 문앞에서 갑자기
멈춰섰다.
식당

잠깐의 망설임
끝에 그는
화방으로
달려갔다.
그의 꿈은
화가가 되는
것이었다.
배고픔
때문에
내꿈을
포기할 수
없어

배고픔은 참을 수 있지만,
꿈이 고픈 것은 참을 수 가 없습니다.
꿈을 이루고 싶거든 어떤 고픔이든 참으세요.

사랑하는 이에게 달려가지 말라. 미워하는 이를 두지도 말라. 사랑하는 이를 보지 못하면 근심스럽고 미워하는 이를 보면 근심스럽다. 사랑을 짓지 말라.
사랑으로 말미암아 미움이 생겨나니 이미 그 얽매임에서 벗어난 사람은 사랑할 것도 없고, 미워할 것도 없다.

- 법구경 -

사랑

나누면, 나눈만큼
내 편도 늘어납니다.
빼면, 뺄 수 록
사람은 더해 집니다.

좋은 사람이란 자신의 과오를 인정하고 자신의 선행은 잊어버리는 사람이다. 그러나 악인은 그와 반대이다. 그러므로 착한 사람이 되려면 자기 자신을 쉽게 용서하지 말라. 그렇게 함으로써 당신은 남을 용서할 수가 있을 것이다.

- 서양 명언 -

어머니의 교훈

어머니의 가르침은
영웅의 승리보다 더 위대합니다.

가장 고귀한 아름다움은 갑자기 매혹시키는 아름다움이나, 가슴을 뛰게하는 아름다움이나, 너무나도 충격적이어서 몽롱한 그런 아름다움이 아니다.
오랫동안 우리들 마음속에 소박하게 자리잡고 있다가 우리를 완전히 사로잡고, 우리의 눈물과 마음을 채우듯 천천히 다가오는 아름다움이다.

- 니체 -

존경

어떤 학생이 베토벤의 박물관에 갔을 때 그곳의 피아노를 보고 수위에게 말했다
저 피아노를 치게해 주세요.

그...
그러세요.

이곳에서 피아노를 치니 너무 감격적 이군요.

이 피아노는 훌륭한 음악가들이 이곳에 올 때마다 쳤겠지요?

아닙니다. 유명한 음악가들은 자신들은 저 피아노를 칠 자격이 없다며 사양 하더군요.

진정한 거장은 이름값만 올리는 것이 아니라 겸손도 함께 쌓아 올린다.

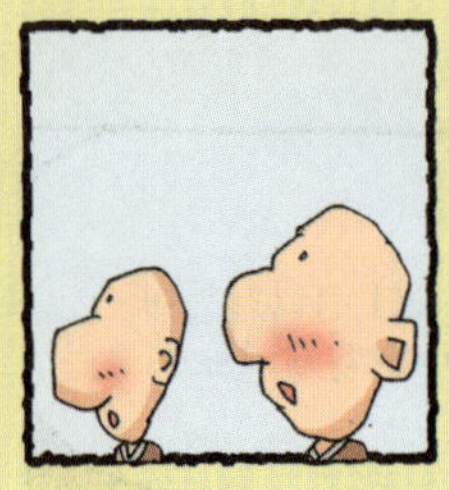

자아는 자기 자신으로부터 아주 잘 숨겨져 있다. 이 세상 모든 광맥 중에 우리는 자기 자신을 마지막으로 캐게 되는 것이다.

- 니 체 -

진정한 깨우침

달마대사가 3명의 제자에게 물었다.
그것은..
그건..
불법의 대의가 무엇 이냐?

모두들 자신의 의견을 말했다.
불법은 경전에도 없고 전통에도....

하지만 혜가라는 제자는 아무말도 하지 않았다.
너는 왜 아무 말이 없느냐?

진정으로 진리를 깨우치면 말이 필요 없는 법이지요.
진정으로 깨우친다는 것은 말하지 않아도 느끼고 가슴으로 말합니다.
과연...

한마디 의 말이 들어 맞지 않으면 천 마디의 말을 더 해도 소용이 없다. 그러기에 중심이 되는 한 마디를 삼가서 해야 한다. 중심을 찌르지 못하는 말일진대 차라리 입 밖에 내지 않느니만 못하다.

- 채근담 -

칭찬

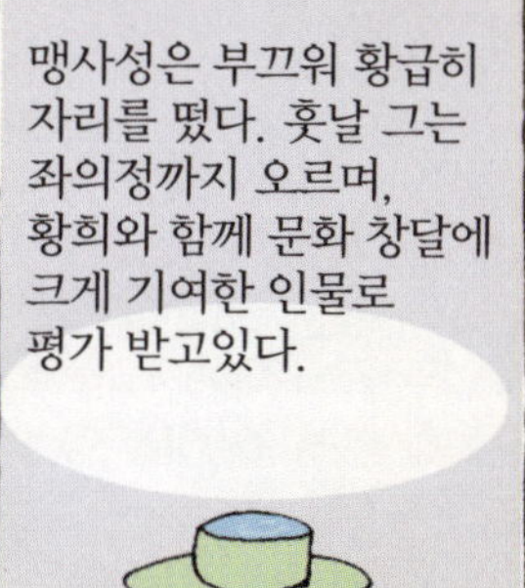

능력만 뛰어난 사람은 일만 잘하는 사람이지만, 인격까지 갖춘 사람은 사람까지도 다룰수 있는 사람입니다.

생각비행

펴낸날 | 2006년 8월 12일

글/그림 | 길문섭
펴낸이 | 이금석
펴낸곳 | 도서출판 무한

등록일 | 1993년 4월 2일
등록번호 | 제3-468호

주소 | 서울 마포구 서교동 469-19
전화 | 02.322.6144
팩스 | 02.325.6143
홈페이지 | www.muhan-book.co.kr
e-mail | muhan7@muhan-book.co.kr

값 | 9,500원
ISBN | 89-5601-147-8(03810)

잘못된 책은 바꿔드립니다.